Le Joyeulx dict

de la

Commission

du

Manuel des Lois

du

Bâtiment

S ▪ C

(Sans contrôle)

ET EST LE JOYEULX DICT

A DISTRIBUER AUX SEULS SOUSCRIPTEURS

La la capitale, à Paris, Boulevard de Denain, 8

A L'ENSEIGNE DE LA TÊTE DE LOUP

Au logis de Charles Lucas.

AVEC PRIVILÈGE DE MESSIEURS DE LA COMMISSION

MDCCCLXXVII

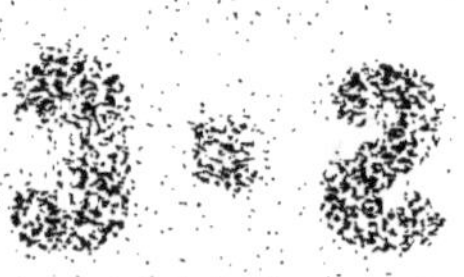

E.A.OUDINE
ARCH.
Coutume de Paris
CODE CIVIL
BATIMENT
·BEAU·LE·VRAI·L'UTILE·
XIX. MARS. MDCCCLXXVII.

Le Joyeulx dict

de la

Commission

du

Manuel des Lois

du

Bâtiment

Le sujet du frontispice est
inspiré de la Médaille de la
Société centrale des Architectes

Le Joyeulx dict

de la

Commission

du

Manuel des Lois

du

Bâtiment

S • C

(Sans contrôle)

ET EST LE JOYEULX DICT

A DISTRIBUER AUX SEULS SOUSCRIPTEURS

En la capitale, à Paris, Boulevard de Denain, 8

A L'ENSEIGNE DE LA TÊTE DE LOUP

Au logis de Charles Lucas.

AVEC PRIVILÉGE DE MESSIEURS DE LA COMMISSION

MDCCCLXXVII

AVIS

—

Vitam impendere vero.

MARCUS VITRIUVIUS POLLIO, s'adressant à l'EMPEREUR CÉSAR AUGUSTE, a dit en latin, et *JEAN MARTIN*, s'adressant au ROY TRÈS-CHRESTIEN, HENRY II, a mis, de latin en français, les prescriptions suivantes :

« Outre plus est de necessité qu'il (*l'Architecte*) ait quelque intelligence des loix, pour sçauoir decider comment il faut bastir les murailles des edifices qui sont communes ou metoyennes : aussi pour asseoir les goutieres, ordonner les receptoires des immundices, et bien percer les fenestrages. Auec ce il est besoing qu'il entende le cours des eaux, et toutes les choses concernantes ceste practique, à fin qu'auant commencer à bastir, il prenne garde à ne mettre les voisins en proces quand sa besongne sera toute acheuée : mesmes que par la prudence des loix il garde d'entrer en debat le proprietaire et son locatif : chose qui sera facile à faire, pourueu que les conuentions d'entr'eux soient si loyalement escrites, que l'un ne puisse estre trompé ny circonuenu de l'autre. »

Et de ces prescriptions fort sensées, ainsi que des Codes civils, tant anciens que modernes, des Coutumes générales de la Prévosté et Vicomté de Paris, et surtout des nombreux Commentateurs de cette dernière, est né le MANUEL DES LOIS DU BATIMENT *élaboré par la Société Centrale des Architectes* et dont la deuxième édition est en cours de publication à la librairie Ducher et Cie.

Mais, de même que dans l'antiquité, les Colléges d'artisans, et au moyen âge, les corporations des métiers cimentaient, dans des banquets souvent répétés, les liens de bonne confraternité qui devaient unir tous leurs membres ; de même la Commission, chargée par la Société Centrale des Architectes de préparer la deuxième édition du MANUEL DES LOIS DU BATIMENT, n'a pas voulu, après plus de cinq ans de travaux et près de deux cents séances, se séparer sans avoir cimenté, le verre et la fourchette en main, les liens d'affectueuse estime que fait toujours naître le travail en commun.

Dans cette dernière réunion, tenue le 19 mars 1877 au restaurant Champeaux, un menu juridique, mais bon toutefois, de pompeux alexandrins, quelque peu gaulois, et de légers couplets, rappelant les noms des membres de la Commission, ont fait une heureuse diversion aux études parfois arides des Commentateurs du Code : aussi les souscripteurs de cette petite fête de famille ont-ils tenu à en conserver le souvenir en cette plaquette pouvant à la rigueur s'encarter dans la deuxième édition du MANUEL DES LOIS DU BATIMENT de la Société.

. CH. LUCAS.

HORS-D'ŒUVRE

SELON LA COUTUME

(Voir
au
verso
le
Menu
réel)

POTAGE

Dur-an-ton

—

RELEVES

Sirey au beurre noir
Filets Dalloz à l'oseille
O. Marcadé S^{co} Tau-lier

—

ENTREES

Rogron à la brochette
et autres articles de Tripier
Quasi-délit de veau

—

RAU (sans Aubry)

Filet Troplong S^{co} Pardessus
Salade de Raiponce-abilité!!!

—

ENTREMETS

Foie en Des-godets
Parfait Demolombe

—

DESSERTS

Fromages d'Aubry (sans Rau)
Usu-Fruits Duvergier voisin
Com-Pothier d'oranges

AUG. DUVERT.

MENU

HORS-D'ŒUVRE

POTAGES

Croûte au pot — Saint-Germain

RELEVÉ

Truite deux Sauces

ENTRÉES

Filet de Bœuf à la Richelieu
Ris de Veau aux pointes d'Asperges

ROT

Chapon Truffé
Salade

ENTREMETS

Fonds d'Artichauts en Suprêmes
Petits Pois nouveaux
Bombe Glacée

DESSERT

VINS

Bordeaux — Pauillac — Nuits
Champagne

CAFÉ — LIQUEURS — CIGARES

II

Cinq minutes d'arrêt, nous sommes au dessert,
Je porte la santé de notre ami Duvert,
Architecte érudit, orateur et juriste,
Praticien expert et savant arrètiste,
Nourrisson de justice, il suce comme lait
Tous les arrèts rendus dans les cours du palais,
Du Manuel nouveau, champion infatigable,
Il montre des arrèts le fonds inépuisable.
Quand il défend le droit, son œil étincelant
Semble être le regard de Jupiter tonnant.
Oh ! que j'aime à te voir avec ta face *Auguste*
Duvert, ta passion fut toujours pour le juste,
Adversaire acharné du dol et de l'erreur,
Rien ne peut arrêter ta généreuse ardeur,
Tu parles et malheur au mortel téméraire
Qui prétend soutenir un argument contraire.
Tu le presses, l'étreins, il est vite acculé,
En vain il se débat, tu le tiens enlacé,
Et le stigmatisant dans ton réquisitoire,
Tu fulmines l'arrêt devant tout l'auditoire.

Çà, Messieurs, as-tu dit, qu'ai-je entendu par là,
Soyons donc sérieux dans cette chose-là,
On me parle toujours d'usage et de pratique,
Les arrèts disent tout, Messieurs, pas de réplique,
Mon adversaire a dit noir, et moi je dis blanc.
A-t-il donc comme moi lu tout Clamageran,

Tout Pothier, tout Dalloz, comme tout Demolombe.
Et tant d'autres que j'ai fait sortir de la tombe.
Qu'il réponde, il se tait : je vais donc requérir.
Messieurs, il faut l'exemple avec le repentir,
Il faut pour expier cette ignorance insigne,
Qu'il les lise deux fois sans passer une ligne,
Et vous, Messieurs, et vous, parlons sincèrement,
Avez-vous des arrêts un amour suffisant,
Je crains que vous n'ayez le sommeil trop facile,
En les étudiant, et, pour vous être utile,
Je veux dès ce moment, et comme un avant-goût,
Vous montrer mes arrêts. On en a mis partout.
Car ne l'ignorez pas, j'en ai pour toutes choses,
Arrêts où tout est sombre, arrêts couleur de roses,
Arrêts pour tout procès, toute position,
Arrêts de cour d'appel et de cassation.
Sur le mur mitoyen et la jambe-étrière,
Le chaperon, l'égout, le four et la carrière.
Sur l'usufruit, l'usage et l'habitation,
La surcharge, l'héberge et la plantation.
Arrêt sur la distance et sur la droite vue,
Sur le jour de souffrance et le jour de la rue.
Arrêt sur le recours, arrêt souvent cité,
Arrêt Moutié Malpièce et Malpièce et Moutié.
Sur le vice caché de certaine lambourde,
Sur la faute légère et sur la faute lourde.
Arrêt sur le mandat et le mandat d'arrêt
Sur celui qui répond et celui qui commet,
Arrêt sur le forfait, arrêt sur l'honoraire,
A cinq ou six pour cent suivant le savoir-faire.
Messieurs, croyez-le bien, je ne plaisante pas,
J'en ai pour vos besoins, pour gros et petits cas,
Sur matière douteuse et sur sa provenance,
Et tout ce que comprend une fosse d'aisance,
Et son ventilateur, car, d'arrêt en arrêt,
Je vous montrerai tout, voyez mon cabinet.

C'est là que méditant dans l'ombre et le mystère,
De la discussion, je produis la matière.
J'examine, et m'aidant d'un arrêt bien senti, .
Je rends tout net, Messieurs, et le tour est fini.
Si le vent empesté de l'envie intestine
Vient à se déchaîner, vite je le domine.
Par un arrêt de paix tout tend à s'épurer,
Et chacun soulagé commence à respirer.
Dans mon intérieur, en public, à la foire,
J'ai toujours des arrêts le complet répertoire.
Je m'en sers en tous lieux, j'opère sans façon,
Car c'est au pied du mur qu'on connaît le maçon.
On a sur mes arrêts, la chose est trop certaine,
Débité sourdement mainte calembredaine.
Quand je serre la main, on dit saisie-arrêt,
On prétend que j'habite une maison d'arrêt,
Pleine de chiens d'arrêt, toujours prêts à vous mordre.
Qu'on s'en garde, Messieurs, moi j'en ris à me tordre,
Enfin pour le bouquet ne m'a-t-on pas nommé
Le robinet d'arrêt de notre Société?
Soit, j'accepte le mot et même je me flatte
De cette fonction multiple et délicate
Que vous me conférez. Oui, c'est un vrai mandat,
Et vous faites de moi le *leader* du débat,
Car lorsqu'il se poursuit, confus et monotone,
Et s'éternise ainsi sans profit pour personne,
Je l'arrête aussitôt et changeant le courant,
Je rends par un arrêt le problème évident.
Parlez, Messieurs, je suis tout à votre service,
Je ne demande rien et pour tout bénéfice
Je veux par mes arrêts charmer votre loisir,
Vous rendre satisfaits et vous voir revenir.

Là finit ton discours, maintenant, cher confrère,
Au méchant rimailleur ne sois pas trop austère,

Et si de ta justice il a démérité,
Il attend un arrèt, mais c'est de ta bonté.
Sa muse atrabilaire a dans cette boutade,
D'arréts et de décrets, fait une arlequinade,
De cette irrévérence il a contrition,
Et promet désormais humble soumission,
Et pour mieux cimenter le pardon qu'il implore,
Permets-lui de serrer cette main qui l'honore.

Sans autre temps d'arrêt, Messieurs, tous en concert,
Buvons à la santé de notre ami Duvert ;
A ceux qui ont conduit cette œuvre difficile,
Du nouveau Manuel : à toi, Lucas Achille,
Le sage président de la commission,
A Lucas Junior ainsi qu'à Cernesson,
Rapporteur assidu de cette grosse affaire.
N'oublions pas Hermant qui fait un mandataire
De chacun de nous tous, il a, pour le mandat,
Un culte consacré par maint et maint débat.
Enfin et c'est, Messieurs, un titre à notre gloire,
De Rohault de Fleury, rappelons la mémoire,
C'est lui, qui rédigea le premier document,
De l'ancien *Manuel des Lois du Bâtiment.*
Avant que de finir cette petite fète,
De nous revoir, Messieurs, dans un an je souhaite.

D. DESTORS,

III

RÉCITATIF (ME VOICI DONC ENFIN)

Enfin, Messieurs, notre œuvre est terminée
Notre Manuel va prendre son essor!
De cet enfant quelle est la destinée?
L'avenir seul pourra dire son sort!

Achill' Lucas mon Président
Dis-moi, tu dois être content?
Tu nous lançais dans la carrière,
Puis tu nous tirais en arrière.
Ah! Ah! Ah oui vraiment!
Achill' Lucas est... Président.

Belle est la prose du bel **Hermant**,
De Belle il a suivi l'err'ment;
Aussi notre édition s'ra belle,
Grâce à Hermant et grâce à Belle.
Ah! Ah! Ah oui vraiment!
Belle et Hermant sont bons enfants.

Cernesson notre grammairien,
Travaille le soir, le matin;
Et la fatigue qui le mine
Cerne son œil, pâlit sa mine.
Ah! Ah! Ah oui vraiment!
Cernesson travaill' joliment.

Vous connaissez **Charles Lucas**.
Dans un gros livre, j'ai lu qu'à
L'Académie un jour ou l'autre
Il entrera tout comme un autre.
Ah! Ah! Ah oui vraiment!
L'Académie est bonne enfant.

Vous savez qu'Antoine **Gancel**
A négligé le *Manuel,*
Il méprisait notre parlotte,
Mais il revient pour fair' ribotte.
Ah ! Ah ! Ah oui vraiment !
Le gros Gancel est bien gourmand.

Fanost aussi nous a lâché,
D'épais soucis l'ont empêché.
L'âge augmentant sa nonchalance,
On n'peut lui dir' quell' pétulance !
Ah ! Ah ! Ah oui vraiment !
Fanost n'est pas trop pétulant.

Il faudrait abreuver **Davioud**
De bons conseils et d'avis où
L'on dirait à ce grand confrère
Qu'il engendra bien des colères !
Ah ! Ah ! Ah oui vraiment !
Davioud est-il un bon enfant ?

J'ai négligé **Le Poittevin**
Qu'on dit pourtant notre doyen.
Il nous a mis bien des entraves
Afin de nous rendre plus sages.
Ah ! Ah ! Ah oui vraiment !
Le Poittevin est bon enfant.

Notre confrère le grand **Destors**
A-t-il raison? n'a-t-il pas tort ?
Avec une conscience extrême,
Il se le demande à lui-même.
Ah ! Ah ! Ah oui vraiment !
Le grand Destors est ..... absorbant.

Une idée peut nous diviser,
Touchard veut bien l'examiner.
Et si ce bon ami la chausse
N'craignez pas que Touchard la fausse
Ah ! Ah ! Ah oui vraiment !
L'ami Touchard est complaisant.

Hénard l'architecte zélé,
Avec nous a bien travaillé,
Le beau, l'utile, tout le passionne...
Même la muse polissonne.
Ah ! Ah ! Ah oui vraiment !
Ce cher Hénard est réjouissant.

Gaudré connaît bien ses auteurs,
Aussi grâce à tous ses labeurs,
Aucun pour lui n'a de mystère.
Pothier déteint sur ce confrère.
Ah ! Ah ! Ah oui vraiment !
L'ami Gaudré est bien savant !

Bienaimé n'est plus des voyers,
Il a donc eu, peut-on le nier !
Des difficultés à la Ville,
Cet ami faisait trop de bile.
Ah ! Ah ! Ah oui vraiment !
Bienaimé fut trop bien faisant.

Simon Girard voulait s'asseoir
Sur Duvert en guise d'éteignoir.
C'est trop de mal mon cher confrère,
Pour avoir les rinçur's du verre.
Ah ! Ah ! Ah oui vraiment !
Simon Girard est canulant.

L'auteur de ces mauvais couplets,
Sur terre n'a que des regrets,
Non, maintenant, rien ne l'enchante,
Et cependant toujours il chante.
Ah ! Ah ! Ah oui vraiment !
Auguste Duvert est bon enfant.

LE PRÉSENT OPUSCULE A ÉTÉ
PAR LES SOINS DE CHARLES LUCAS, ARCHITECTE A PARIS
ACHEVÉ D'IMPRIMER CHEZ ARNOUS DE RIVIÈRE
IMPRIMEUR EN LADITE VILLE
LE VIᵉ JOUR D'AVRIL, JOUR |DE LA SAINT-PRUDENT
DE L'ANNÉE MDCCCLXXVII